WITHDRAWN
No longer the property of the
Boston Public Library.
Sale of this material benefits the Library.

¡BUENAS NOCHES, ABUELO!

Queridos abuelos
Josep, Francesc, Pietro y Jesús

¡BUENAS NOCHES, ABUELO!

ROSER BAUSÀ Y CARME PERIS

Lóguez

Aquella noche de verano, Marta y su mamá habían salido un momento al jardín antes de acostarse. Marta quería contemplar aquel cielo chispeante de estrellas.

Y, de repente, se fijó en una que hacía chiribitas, como si le hiciese guiños.

– Mira, mamá: ¡aquella estrella me guiña el ojo!
– Quizás es el abuelo...
– Quizás. Sí, es él.
– Pero, ¿cómo es que está allí arriba?

—Pues mira: un día, el abuelo pensó que, como aquí abajo dormía mal y le dolía todo el cuerpo, quizás estaría mejor durmiendo en un colchón de nubes.

—¿Y se llevó la maleta?
—No... Sólo se llevó su pijama azul y se fue sin hacer ruido para no molestar a nadie.

– ¿Y no lo tocan los aviones al pasar?
– No, ¡qué va! ¡Él está mucho más arriba!
–¿Y puede jugar con la Luna?
–¡Y tanto! Juega al escondite con ella, como jugaba contigo.
–¿Y qué más hace allí arriba?

— Pues, cuando llega la noche enciende las estrellas que nos iluminan los sueños, y, al hacerse de día, las apaga, y así los sueños se nos esfuman... Si te tiendes en el

césped y miras al cielo y escuchas atentamente, lo oirás reír, allí arriba, persiguiendo las nubes. Y verás como te mira y te protege para que la noche no te dé miedo...

Un poco más tarde, cuando su mamá ya la había arropado, Marta le pidió que no le bajase la persiana: quería ver el cielo desde la cama. Y, cuando se quedó sola en la habitación, Marta se puso a esperar que le viniese el sueño hablando con el abuelo.

– Abuelo, hoy mamá me ha contado muchas cosas de ti: cómo juegas en lo alto del cielo, cómo nos miras... y lo feliz que eres, allí arriba. Por qué te fuiste, no me lo ha dicho, pero yo ya lo sé.

– Estabas en la cama y, como no podías levantarte ni andar, volaste, volaste y volaste hasta llegar a las estrellas, y las encontraste tan y tan bonitas, que allí te quedaste.

— Abuelo, ¿sabes qué hago cuando no recuerdo tu sonrisa? Pues voy corriendo a casa y miro la fotografía de tu cumpleaños, aquella de cuando yo era tan pequeña y metía el dedo en el pastel... Te miro y te vuelvo a recordar.

— Abuelo, ya sé qué podemos hacer. En las noches estrelladas, como me estarás mirando desde ahí arriba, como ahora, yo te contaré cosas: todo lo que ocurra en casa.

1ª edición: septiembre 2004

© Del texto: Roser Bausà i Peris
© De las ilustraciones: Carme Peris i Lozano
© Lóguez Ediciones. 37900 Santa Marta de Tormes (Salamanca)
Reservados todos los derechos
Printed in Spain: Gráficas Varona, S.A. (Salamanca)

ISBN: 84-89804-81-8
Depósito Legal: S. 1069-2004

Codman Sq. Branch Library
690 Washington Street
Dorchester, MA 02124-3511